や・い・ろ・の

ya.i.ro.no

いまたあきこ 文
南波タケ 絵

もくじ

1　「よろしくおねがいします。」

空一面《いちめん》、どんよりと雲が広がった九月の放課後《ほうかご》。

ぼくはひとり、ランドセルの肩《かた》ひもをにぎりしめて、とぼとぼと学校から帰っていた。

　ザワー　ザワワワー　ザワー
ふいに聞こえてきた音に、足を止めた。

通学路《つうがくろ》の右側《みぎがわ》に竹やぶがある。よく見ると、竹やぶにおおいかくれるように細いわき道がのびていた。

この通学路を通るようになってから一週間。

こんなところに道があるなんて、気がつかなかった。

　ザワー　ザワワワー　ザワワワー
たくさんの竹が風にゆられている。わき道は途中《とちゅう》から右に曲《ま》がって、その先はどうなっているのか分からない。

（前の小学校の近くにも、竹やぶがあったなあ。）

ぼく、水沢大樹《みずさわだいき》は、四年生の夏休みにお父さんの仕事《しごと》の都合《つごう》で田舎《いなか》の小さな町から、都会《とかい》のこの町に引っこしてきた。

前の町では、友だちと竹やぶの中にひみつ基地《きち》を作ったり、春にはタケノコほりをして遊《あそ》んだ。

竹やぶはうす暗《ぐら》くて、ちょっと不気味《ぶきみ》だけど、最高《さいこう》の遊び場だ。そんなふんいきが、ぼくたちは大好《だいす》きだった。


ふと、なつかしくなって、竹やぶのわき道に入った。

うっそうとした道を進《すす》むと、カーブを曲がった少し先に、竹やぶにうもれるように、小さな古い建物《たてもの》があった。

建物のまわりには雑草《ざっそう》が生いしげっていて、かべはツルでおおわれている。

屋根《やね》がわらにも草やコケが生え、かわらが何枚《まい》もわれて落《お》ちていた。まどにもひびが入っている。

（こんなぼろぼろじゃ、もうだれも住《す》んでいないかな。）

下を見ると、小さな石がしきつめられた浅《あさ》い溝《みぞ》があった。建物《たてもの》をぐるりと囲《かこ》んでいるみたいだ。

まわりの地面《じめん》は落ち葉《ば》や草で見えないくらいなのに、この溝は落ち葉や草でおおわれることもなく、きみょうなほどきれいだった。

ぼくは溝をまたぐと、ゆっくりと建物に近づいていった。

正面《しょうめん》には大きなガラスの引き戸があって、そこが入口のようだ。ガラス戸の上のかべには、横長《よこなが》の古びた木の看板《かんばん》がついていた。何かのお店だったのかもしれない。

そこには、今にも消《き》えてしまいそうなかすれた文字で、こう書いてあった。

や・い・ろ・の

（や、い、ろ、の……？）

聞いたこともない言葉《ことば》だった。

ガラス戸に顔を近づけると、土ぼこりでくもったガラスを通して、うす暗《ぐら》い室内が見えた。中にも雑草《ざっそう》がぼうぼうと生えている。

入口の土間から一段《いちだん》高くなっている場所《ばしょ》は、たたみの部屋《へや》になっていた。

そこにはたおれた机《つくえ》や、階段《かいだん》の形をしたたんすのようなものがある。たんすの引き出しが、いくつも飛《と》び出ていた。四角い穴《あな》の開《あ》いた囲炉裏《いろり》も見える。

どうやら、かなり昔《むかし》からある建物のようだ。

ポツン……。

ランドセルに、何かあたった。

顔を上げると、今度《こんど》は大つぶの雨がおでこに落ちてきた。今日はかさを持《も》っていない。

雨はどんどん強くなっていく。

あわててそこからはなれると、雨水が流《なが》れはじめている溝をまたいで、もと来た道を走ってもどった。

立ち止まってふり返《かえ》ると、その建物《たてもの》はふりしきる雨の中で、ひっそりとたたずんでいた。

次《つぎ》の日も雨ふりだった。

朝、教室の席《せき》に着《つ》くと三人の男子が、ニタニタ笑《わら》いながらぼくの席にやってきた。

いやな気持《きも》ちになる。

一番からだの大きな子が「早川《はやかわ》」ってことは知っているけれど、早川にいつもくっついている子分みたいな二人は、名前すら知らない。

「おーい、水沢《みずさわ》くーん。なんか話してよ。」

「おれたち、水沢くんの声、ほとんど聞いたことないよ。」

「聞こえてますかぁ。」

うつむいたぼくの目に、まわりを囲《かこ》む六本のうでが見える。ぼくをおそってくる、お

そろしい宇宙人《うちゅうじん》みたいだ。

ぼくは、ポケットに入っている小石を、ぎゅうっとにぎりしめた。

「なあんだ、やっぱり何も言わないのかよ。つっまんねーの。」

三人はけらけら笑いながら、どこかへ行ってしまった。

ポケットからそっと、白くて平《ひら》たい小石を取《と》り出した。小石にはいくつもの名前が、小さな字でびっしりと書いてある。

小石にいろいろな字と大きさで書かれた、みんなの名前をかみしめるように、心の中でよんだ。

（ゆうま、つくし、じゅんぺい、なずな、そうた、あんず、つづみ……。）

＊＊＊

二学期《にがっき》の最初《さいしょ》の日のこと。

「今日から四年二組でいっしょに勉強《べんきょう》する水沢大樹《だいき》くんだ。みんな、よろしくたのむな。」

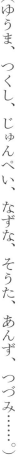

担任《たんにん》の佐野《さの》先生が、黒板《こくばん》にぼくの名前を大きく書いた。

ぼくは不安《ふあん》でいっぱいだったけれど、いっしょうけんめいに大きな声を出した。

「水沢大樹《みずさわだいき》です。よろしぐおねがいしますぅ。」

するとすぐに、からだが大きい男の子が大声で言った。

「なんか、なまってね？『よろしぐおねがいしますぅ』って。」

クラスがどっと笑《わら》いにつつまれる。

すると佐野先生がこわい顔で、その子をにらんだ。

「こらっ、早川《はやかわ》。そんなこと言うんじゃない。日本にはいろいろな方言があるんだ。ちっともおかしくなんかないぞ。ごめんな、水沢。」

ぼくは自分のつま先を見つめながら、首を小さく横《よこ》にふった。頭の中が真《ま》っ白になった。

「はーい。ごめんなさーい。」

「早川」とよばれた子は、からだを後ろに大きくそらして、にやついた声で言った。

ぼくは、なまっている。

ぼくのじいちゃんやばあちゃんは、「ごじゃっぺ（どうしようもないな）」とか、「いがっぺ（いいね）」とか、たぶん他《ほか》の人にはまったく意味不明《いみふめい》な言葉《ことば》を使《つか》う。

ぼくたち子どもは、そういうむずかしい方言はあまり使わない。でも、自然《しぜん》と言葉の語尾《ごび》を上げたり、だく点をたくさん使ってしまうクセがある。なまりがあるのはもちろん分かっていたけれど、こんなふうに言われたのは初《はじ》めてだった。

＊＊＊

それから一週間がたつけれど、まだだれとも友だちになっていない。

しゃべりたいことはたくさんあるのに、またバカにされるんじゃないかと思うと、こわくてうまく声が出ないのだ。これでは友だちなんて、できるはずがなかった。

前の小学校はとても楽しかった。一学年に一クラスしかなくて、ほとんどの子が幼稚《ようち》園《えん》や保育園《ほいくえん》からいっしょだ。だからみんな、友だちというより兄弟みたいだった。

ぼくの住《す》んでいた町は、きれいな川が流《なが》れていた。転校《てんこう》するぼくのお別《わか》れ遠足で、その川にみんなで行ったときに見つけた、真《ま》っ白くて平《ひら》たい石。

そこにみんなが名前を書いてくれた。

ぼくはいつも、この石をお守《まも》りのように持《も》っている。何よりも大切な宝物《たからもの》だ。

一人ひとりの名前を見ると、みんなの笑顔《えがお》がうかんでは消《き》えていく。

「まあだいっしょに、遊《あそ》ぼうなあ。」

「大樹《だいき》なら、ぜってえ、すうぐに友だぢできるって。」

「おれらも、ずうっと友だぢだがんな。」

引っこしの日、みんな、泣《な》きながらぼくを見送《みおく》ってくれた。

（この学校で新しい友だちなんてできそうにないや。みんなに会いたい。）

急《きゅう》になみだがこみ上げてきて、あわてて朝の読書時間に読んでいる『穴《あな》』という本を開《ひら》いた。

主人公《しゅじんこう》はぼくとちょっと似《に》ている。信《しん》じられないくらい最悪《さいあく》な目に合う少年だから。

でも、ぜんぜん似ていないところもある。その少年は、どんなに最悪な目に合っても、絶対《ぜったい》にへこたれないから。

転校《てんこう》したときのことを思い出しながら、ぼくは学校からの帰り道を歩いていた。大つぶの雨が「パラン、パラン、パララン」とひっきりなしにかさを打《う》つ。

少し先に水色のランドセルを背負《せお》って、水色のかさをさした女の子が、一人で歩いているのが見えた。ずいぶんとゆっくり歩いている。すぐに追《お》いついてしまいそうだけれど、なんとなく追いつかないようにのろのろと歩いた。

やがて、昨日《きのう》通った竹やぶのあいだのわき道に近づいた。

すると女の子は、くるりと向《む》きを変《か》えて、さっとわき道へ入っていった。

（あの建物《たてもの》の先に家があるのかな。）

なぜか、あの古くて不気味《ぶきみ》な建物のことが気になる。ぼくもわき道に入った。

カーブにさしかかったところで、はっとした。その子が、あの建物《たてもの》の前で立ち止まっていたからだ。

とっさに竹やぶの中にかくれた。その子の横顔《よこがお》が見えたとき、「あっ」と声を上げそうになった。同じクラスの女の子だったのだ。名前は知らないけれど。

その子はかさをたたむと、かべに立てかけた。そして、何やらぶつぶつとつぶやいてから、ガラス戸に手をかけた。

すると音もなく戸が開《あ》いて、女の子のすがたが建物の中に消《き》えた。

ぼくはびっくりして、竹やぶの中からしばらく見つめていた。

昨日《きのう》見たときは、人が住《す》んでいる様子《ようす》なんて、ぜんぜんなかったのに。建物の中も、雑草《ざっそう》だらけだったし……。

（あの子の家なのかな。）

すこし待《ま》ってみたけど、女の子はなかなか出てこなかった。

ぼくはかさをたたんで、おそるおそる建物に近づいていった。

昨日見た溝《みぞ》には雨水がさらさらと流《なが》れていて、小川のようになっている。ガラスごしに中をのぞくと、うす暗《ぐら》い室内は昨日とまったく同じだった。ぼうぼうに生えた雑草とたおれた机《つくえ》、階段《かいだん》みたいなたんすに囲炉裏《いろり》。

でも、さっき入っていった女の子のすがたは見えない。

物音《ものおと》もしないし、聞こえてくるのは、ランドセルにあたる雨の音だけだった。

〝やいろの〟と書かれた木の看板《かんばん》を見上げると、雨がしみこんで黒ずんでいた。それに、消えかかっていたはずの文字が、じわじわとうかびあがってくる気がする。

そのとき、「ドーンッ、ゴロ、ゴロゴロッ」と、お腹《なか》の底《そこ》にひびくようなかみなりが鳴った。ぼくは急《きゅう》にこわくなって、にげるようにかけ出した。

家に着《つ》くころには、からだじゅうがびしょぬれになっていた。どこかに落《お》としてきたのか、かさがなくなっていた。

次《つぎ》の日はからりと晴れた。

朝、教室の席《せき》に着くと、だれかが近づいてくる気配《けはい》がした。

（またバカにされる……。）

うつむいて、こぶしをにぎった。

「ええっと。大樹《だいき》、だよね。」

予想《よそう》とはちがって、明るい女の子の声が聞こえてきたのでびっくりした。顔を上げると、笑顔《えがお》が目の前にあった。

（あっ！）

昨日《きのう》、あの建物《たてもの》に入っていった女の子だった。

「う、うん。そうだけどお。」

ぼそぼそと、小さな声で答えた。

「はい、これっ。」

その子は、ぼくの目の前に青いかさをさし出した。昨日どこかでなくした、ぼくのかさだ。

「道に落《お》ちてたんだ。名前が書いてあったから、大樹のだってわかったの。」

その子は、かさの持《も》ち手にぶら下がっているネームタグを、ちょんとつついた。

「ありがどう、ええど……。」

名前を知らない。

「小《こ》寺《でら》優《ゆう》菜《な》、だよ。」

「小寺……さん。」

すると小寺さんは大きく首を横《よこ》にふった。

「ゆ・う・な、だよ。優菜ってよんでよ、大樹。」

（いきなりよびすてなんて……。）

ぼくはとまどった。

でも小寺さんは、「さあ、よんで」という顔で、ぼくの目を見つめてくる。なんだかどぎまぎしてしまった。

「うん。分がったよ……優菜。」

もごもごと小声で言ってみた。すると優菜は、本当にうれしそうににっこりと笑《わら》った。

その笑顔《えがお》を見て、ぼくもつられて笑顔になった。なんか胸《むね》のあたりが、ぽわんとあたたかくなった。

ぼくは優菜《ゆうな》に、昨日《きのう》はどうしてあの建物《たてもの》に入ったのか聞きたかったけれど、朝の会の時間になってしまったので聞けなかった。

休み時間のときも聞くチャンスをうかがっていたけれど、無理《むり》だった。

今までクラスの子たちの様子《ようす》なんて、見ないようにしていたから分からなかったけれど、今日一日、優菜に話しかけようとして分かったことがある。

それは優菜が、めちゃくちゃ人気者《にんきもの》ってこと。いつも友だちに囲《かこ》まれている。女子の中でも、たぶん一番はなやかなグループにいるし、男子からも人気がある。

ぼくをバカにする早川《はやかわ》ってヤツも、優菜のことが好《す》きみたいだ。見てれば分かる。ばればれだ。

とうとう優菜に話しかけることができずに、帰りの時間になってしまった。帰りの会が終《お》わると、みんないっせいに教室から飛《と》び出した。

ぼくは「ふうっ」とため息《いき》をつくと、ランドセルを背負《せお》った。優菜がひろってくれたかさも、わすれずに持《も》った。

一人きりの帰り道。道のところどころにできた水たまりに、白い雲がうつっている。

九月も半《なか》ばをすぎたけれど、真夏《まなつ》のような強い日ざしがからだに照《て》りつける。

ふと前を見ると、水色のランドセルを背負った女の子の後ろすがたが目に入った。

（優菜だ……。）

教室を出るときは友だちといっしょだったから、どこかで別《わか》れたのだろう。

それにしても、優菜は歩くのがおそい。今にも止まってしまいそうだ。走って追《お》いつこうかまよっているうちに、あの竹やぶのわき道のところにやってきた。

昨日の不気味《ぶきみ》な建物が優菜の家だったら、この道に入るはずだ。

ぼくは、少しきんちょうして後ろを歩いた。でも、わき道のところに来たとき、優菜は見もしないでまっすぐ進《すす》んだ。

（あれ……？　やっぱり、優菜の家じゃなかったのかな。）

ものすごく気になる。ぼくは走って優菜《ゆうな》を追《お》いかけた。

「あの、優菜。」

優菜が肩《かた》をびくっとふるわせてふり向《む》いたとき、ぼくのからだにかみなりが落《お》ちたみたいなしょうげきが走った。

優菜は目を真《ま》っ赤《か》にさせて、泣《な》いていたのだ。

教室にいるときの明るくて、いつも楽しそうな優菜とはまるで別《べつ》の人みたいだった。

「どっ、どうしだのお。だ、だいじょうぶ?」

「あっ、大樹《だいき》か。急《きゅう》に声がしたからおどろいたあ。目におっきな虫が飛《と》びこんできてさ、びっくりしちゃった。」

優菜は笑《わら》いながら、あわてたように目をごしごしこすった。

「そうなんだあ。」

ぼくは、ぽつりと言った。うそだってすぐに分かったけれど、泣いていた理由《りゆう》は聞かなかった。聞いちゃいけない気がした。

でもそのかわり、思い切って聞いてみた。

「あ、あのさ、ちょっと聞ぎだがったんだげどお。昨日《きのう》、そごのわぎ道に入ったどごの古い建物《たてもの》に入ってってったよねえ。あそごって……。」

そのとき、ぼくははっとして、その先の言葉《ことば》を飲《の》みこんだ。

優菜の顔が、みるみるうちに青ざめていったからだ。

にらみつけるように、まっすぐにぼくを見ている。ぼくは思わず、あとずさった。

優菜は、とつぜんくるりと背《せ》を向けると、ダッとかけ出した。

ぼくはあっけにとられて、走って行く優菜の後ろすがたを見つめるしかなかった。

2 や・い・ろ・の

次《つぎ》の日、教室へ着《つ》くとすぐに、優菜《ゆうな》のすがたをさがした。

優菜は四、五人の女子たちと、楽しそうにおしゃべりをしている。ときどき笑《わら》い声も聞こえる。いつもと変《か》わった様子《ようす》はない。

あれからずっと、昨日《きのう》のことを考えていた。

あの建物《たてもの》のことを聞いたときの優菜の顔が、頭からはなれない。きっと、ものすごくおこっている。聞いちゃいけなかったんだ。

ぼくは、「はあっ」とため息《いき》をついた。

「みっずさっわくーん。」

いつものいやな声だ。顔を上げると、やっぱり、早川《はやかわ》と子分の二人だった。

「なんかさ、最近《さいきん》、小寺《こでら》と仲良《なかよ》くない？」

子分の一人が言う。

「それに今もずっと、小寺のこと見てたでしょ。」と、もう一人の子分。

「小寺のこと、好《す》きなんだろ。」

早川がにやついた声で言った。でも、目は笑っていない。しんけんだ。

ぼくはじっとだまっていた。こわくて、からだがこわばる。

「おーい、なんか言えよ。」

「ち、ちがうよお。」

消《き》え入りそうな声で言った。

「あっ？　なんだって？」

早川がどすのきいた声で言う。

「ち、ちがうよお。ぼぐのかさを、ひろってぐれただげだよお。」

すると早川が、ぼくのしゃべり方をまねした。

「ち、ちがうよお。ぼぐのかさを、ひろってぐれただげだよお。」

子分の二人は、「ひゃっひゃっひゃっ」と大笑《おおわら》いしている。

ぼくはポケットに手を入れて、小石をにぎりしめた。

「おまえ、いつもポケットに手をつっこんでるよな。なんか入れてるのか。」

心臓《しんぞう》が、ドクンと音を立てる。

「な、なんも入れてないよお。」

「なんだよ、見せろよ。」

早川《はやかわ》がぼくの手をつかんだ。ぼくは石をぎゅっとにぎりしめたまま、机《つくえ》につっぷした。

早川はポケットからぼくの手を引っ張《ぱ》り出すと、指《ゆび》のあいだからのぞいている石をまじまじと見つめた。それから「ぶーっ」とふき出した。

「こいつ、石なんか大事《だいじ》に持《も》ってやがる。だっせえ。ちょっと見せろよ。」

ぼくの手から石をもぎ取《と》ろうとした。早川のつめが手にくいこんで、ズキズキする。

(絶対《ぜったい》に、はなすもんか。)

目にはなみだがにじむ。(泣《な》いたら負《ま》けだ。)と思い、歯《は》を食いしばった。

「ねえ、さっき、わたしのこと話してなかった?」

そのとき、優菜《ゆうな》のおこったような声が聞こえてきた。早川《はやかわ》はぼくの手をはなした。

「お、おう、小寺《こでら》。小寺のことなんて、話してないよ。なあ?」

早川の話し方が急《きゅう》にぎこちなくなる。子分二人もあわてて、うなずいている。

「ふうん……。それならいいんだけどさ。」

そう言って、キッと早川をにらみつけた。

「そんじゃあな、水沢《みずさわ》くん。」

早川と子分二人は、そそくさとどこかへ行ってしまった。

「ふんっ。ほんと最低《さいてい》。いやなヤツら。」

優菜は早川たちの背中《せなか》に向《む》かって、ぼそっと言った。

「あ、あの……ありがどお、優菜。」

うつむいたままそう言うと、ほっとしてなみだがでてきた。

泣《な》いているところを、優菜には見られたくない。

「ああっ、もうっ！　大樹《だいき》ってぜんっぜんダメ。あんなことされたのに、そんな弱い態《たい》度《ど》じゃダメだよ。早川をぶんなぐるくらいしないと。」

優菜は迫力《はくりょく》のある声で言った。

びっくりして顔を上げると、けわしい顔でぼくを見つめている。早川もこわいけど、優菜も負《ま》けないくらいこわい。ぶんなぐるって……。

優菜はふっと顔をそむけると、女子たちの輪《わ》の中にもどっていってしまった。


今日も一人の帰り道。

竹やぶに入る道の前を通りすぎようとしたとき、道からいきなり優菜が現《あらわ》れた。思わず「ひゃっ！」と声を出してしまった。

優菜は目を細めて、あきれた顔で見ている。

「大樹、待《ま》ってたよ。」

「えっ？」

「ねえ、早川《はやかわ》のこと、こらしめてやりたくない？」

「へ？」

「早川のこと、のろってやろうよ。」

わけがわからない。

「雨がふった日の放課後《ほうかご》、あの建物《たてもの》に来て。だけどね……。」

優菜《ゆうな》は顔を、ぐいっと近づけた。

「このことは、だれにも言っちゃダメだからね。」

そう言うと、にっと笑《わら》った。

なんだかいやな予感《よかん》。背中《せなか》の真《ま》ん中に冷《つめ》たいあせが流《なが》れて、ぞくっとした。

それから数日間は、晴れの日が続《つづ》いた。

ぼくは毎日、雨がふらないことをいのった。雨がふったら、あの不気味《ぶきみ》な建物へ行かなければいけないのだ。

優菜が勝手《かって》に言っているのだから、無視《むし》することも考えた。でも、それは絶対《ぜったい》にダメな気がする。「のろってやろう。」なんて、おそろしいことを言っていた優菜の顔を思い出すと、ひどい目に合う気がするのだ。

でも、あれから優菜は、おかしな約束《やくそく》のことは一言も口にしない。教室で会っても、ちょっとあいさつするくらいだ。

早川たちは、ぼくをバカにするのにあきたのか、優菜のことを気にしてか、あんまりこなくなった。

ぼくは相変《あいか》わらず、思うようにしゃべることができない。席《せき》が近い子とはときどき必《ひっ》要《よう》なことを話すけれど、休み時間に遊《あそ》んだり、いっしょに帰る友だちはいない。

毎朝学校へ行って下校の時間になるまで、ポケットの石をにぎりしめながら、じっとがまんする。まるで息《いき》をひそめているかたつむりのように、時間がたつのを待《ま》っている。

「ぎゃっはははー。」

とつぜん、バカ笑いが聞こえてきた。そっちに目をやると、早川と二人の子分がふざけ合って大はしゃぎしている。

（こうなったのも、全部《ぜんぶ》早川《はやかわ》のせいだ。）

ぼくは早川を見つめた。

（本当にのろうことはできないだろうけど、のろえるものなら、のろってやりたい。）

だんだんと、そう思うようになった。


ある日の三時間目の授業中《じゅぎょうちゅう》。

ぼーっとまどの外を見ていたら、どんよりとした空から、ポツ、ポツと雨つぶが落《お》ちてきた。雨はだんだん強くなって、校庭《こうてい》の土を一気にぬらしていく。

ついに雨がふってきた。

すると、優菜《ゆうな》と目が合った。優菜は無言《むごん》でうなずくと、親指《おやゆび》をぐっと立てた。

（やっぱり、あの約束《やくそく》はわすれてないんだ。）

放課後《ほうかご》、あの建物《たてもの》の前に行くと、優菜がかさをさして待《ま》っていた。

「おそいなあ。大樹《だいき》はかたつむりなの？」

「うん。ぼくは、かたつむりなんだあ。」

そうぽつりと言うと、優菜が急《きゅう》にぷうっとふき出した。

「あははっ、何それ。『ぼくは、かたつむりなんだ』、なんてまじめな顔で言わないでよ。大樹、めっちゃウケる。」

「そ、そうがなあ？」

何がそんなにおかしいのか、優菜は大笑《おおわら》いしている。すると、ぼくもなんだかおかしくなってきた。

「あははっ、たしがに言わねえがあ。」

笑いながら言うと、優菜がおどろいた顔をした。

「大樹って、大きな声出せるんだね。しかも笑ってるし。学校でも今みたいに大きな声でしゃべったほうがいいよ。」

「うーん……。」

ぼくは口ごもった。

「あっ、分かった。早川《はやかわ》に『なまってる』って言われたのを気にしてるんでしょ。」

「う……うん。」

ぼくは、しぶしぶうなずいた。

「なあんだ、そんなことか。」

優菜《ゆうな》は、あきれたように言った。ぼくはムッとした。

「〝そんなごど〟じゃねえ。あんなにバガにされるなんで、いやだよお。優菜は人気者《にんきもの》だがら、わがらねんだ。」

ついむきになってしまった。優菜はびっくりしたように、目をしばたたいた。

「うん、そうだよね。ごめんね。でもわたしは、大樹《だいき》のしゃべり方、けっこう好《す》きだけどな。なんか、あったかい感《かん》じがする。」

「そ、そうがなあ。」

ちょっとうれしいけど、ちょっと照《て》れくさい。

優菜は、かべにかかっている木の看板《かんばん》を指《ゆび》さした。

「大樹、あの看板の文字が見える？」

雨にぬれた看板には、「やいろの」という文字がくっきりと見える。

「え、うん。『や、い、ろ、の』でしょ。」

見えるなんて当たり前なのに、何を言ってるんだろう。

「やっぱり、大樹には見えてるんだ。ってことは、大樹はここに入れるよ。」

「え、どういうごど？　あれが見えない人なんでいるの？」

「うん」と言って、優菜は意味《いみ》ありげにくすっと笑《わら》った。

「それからここは、すごく昔《むかし》からある店でね。昔の看板って、右から読むんだよ。」

右からってことは……。

「の、ろ、い、や。」

「ふふっ。当ったりーっ！　『のろいや』へようこそ、大樹。」

優菜は楽しそうに言った。「のろい」というひびきに、ぼくはぞくぞくした。

3 モッチーとジョッシュ

雨はかさを打《う》ち続《つづ》けている。ぼくは、のろいやの看板《かんばん》をまじまじと見つめた。

「優菜《ゆうな》は、なんでここが『のろいや』なんで、知ってだの？」

「このあたりの人たちはみんな知ってるよ。といっても、都市伝説《としでんせつ》みたいなもので、だれも信《しん》じていないけどね。でもわたしは、〝本当にある〟ってずっと信じてて、やっと見つけたの。」

「なんで、そんなに見づげだがったの？」

「うーん。まあ、いろいろあってね。」

なんとなくはぐらかす。

「ほら、ここ見て。」

優菜は、のろいやを囲《かこ》んでいる溝《みぞ》を指《ゆび》さした。雨水がしぶきを上げて流《なが》れている。

「小さな川のようになっているでしょう？　ここに川ができているときじゃないと、のろいやは開《ひら》かないのよ。」

「えっ、なんでえ？」

「この川はね、わたしたちのいる世界《せかい》と、別《べつ》の世界をつなぐ役目《やくめ》をしているの。」

「別の世界？」

「まあ、行けば分かるよ。モッチーが説明《せつめい》してくれるからさ。」

「モッチー？」

まったくわけが分からない。へんなところへ連《つ》れて行かれるんじゃないかと、不安《ふあん》になった。

でも優菜は、さらにとんでもないことを言い放《はな》った。

「じゃ、大樹《だいき》。行ってらっしゃい。」

「えっ、優菜は行がねの？」

「中に入れるのは、一人ずつなの。わたしはここで待《ま》ってるから、行ってきて。」

「ええー！　いやだよう。一人でなんでえ。」

ぼくが情《なさ》けない声を出すと、優菜《ゆうな》は、急《きゅう》にまじめな顔をした。

「大樹《だいき》はさ、このまま、早川《はやかわ》たちにバカにされたままでいいの？」

「それは……いやだけどお。」

「それじゃあ、行ってきて。絶対《ぜったい》にだいじょうぶだから。」

そう言って、ぼくのランドセルをドンッとおした。けっこう力がある。

溝《みぞ》に足をつっこみそうになって、あわてて溝を飛《と》びこえた。

そのまま、おっかなびっくり入口に近づいていく。

ふり返《かえ》ると、優菜が溝の向《む》こうで仁王立《におうだ》ちしている。「早く行け」とでも言うように、手をしっしっと動《うご》かしている。

もうあとにはもどれないらしい。ぼくは深《ふか》くため息《いき》をついた。

ガラス戸の前にくると、かさをたたんでかべに立てかけた。中の様子《ようす》は、この前見たときと同じだ。ふうっと息をはきだすと、戸に手をかけた。少し手がふるえている。

（よしっ、行くぞっ。）

勇気《ゆうき》をふりしぼって、戸をぐっと横《よこ》に引いた。戸はびくともしない。

「あ、あれえ？」

ひょうしぬけだ。

「大樹、ごめん、ごめん。戸を開《あ》けるための呪文《じゅもん》があるんだった。」

（なんだ。それなら早く言ってよ。）

心の中で文句《もんく》を言った。優菜に文句を言うなんて、心の中でしかできないし。それにしても呪文って……。あやしすぎる。

「『やいろの　のろいや　やいろの　のろいや　やいろの　のろいや　やいやいやーい』って言ってから戸を開けるの。入ったらまた、戸をしっかりとしめてね。」

「……う、うん。」

なんかはずかしい。しかも言いにくい。おまけにウソくさい。

でもやってみるしかない。

（「やいろの」と「のろいや」を三回ずつだよね。）

ぼくは戸に手をかけると、小さな声でつぶやいた。

「やいろの　のろいや　やいろの　のろいや　やいろの　のろいや　やいやいやーい。」

なんとか言い切った。そして戸にかけた手に力をこめて引いてみた。

戸は、さっきまでびくともしなかったのがうそみたいに、するすると音も立てずに開《あ》いた。

「う、うそっ。」

心臓《しんぞう》が急《きゅう》に、バクバクと大きな音を立てはじめる。

大きく深呼吸《しんこきゅう》をすると、建物《たてもの》の中へとおそるおそる足をふみ入れた。それから優菜《ゆうな》に言われたとおり、ピシッと戸をしめた。

（あれっ。）

ガラス戸の外は、なんと夜になっていた。まるい月が竹やぶのあいだからのぞいている。優菜のすがたはどこにもない。

そのとき、目のはしにちらちらと明かりが見えた。

おどろいてふり返《かえ》ると、部屋《へや》に何本ものろうそくがともっている。たおれていた机《つくえ》はきちんと置《お》かれていて、たんすから飛《と》び出ていた引き出しもしまわれていた。ちろちろと火が燃《も》えている囲炉裏《いろり》には、やかんがぶら下がっている。ぼうぼうと生えていた草なんて、一本もない。きれいにかたづいていた。

机の向《む》こうに二つのものかげが見えた。人間とキツネの人形のように見える。

二つとも、きちんと前を向いてすわっている。

人間の人形は、白くて長いあごひげを生やしたおじいさんだった。うぐいす色の着物《きもの》を着《き》て、頭におひなさまの男の人がかぶっているような、へんなぼうしをかぶっている。

キツネの人形は、全身《ぜんしん》が美《うつく》しい銀色《ぎんいろ》の毛でおおわれている。ろうそくの明かりに照《て》らされて、毛がつやつやとかがやきをはなっている。両方《りょうほう》とも目はかたくとじられていた。

どちらもものすごくリアルで、不気味《ぶきみ》だ。

ぼくはガラス戸にランドセルをおしつけるようにして、立ちつくしていた。

するとふいに、おじいさんの首が、右、左とゆっくりと動《うご》いた。キツネのしっぽも、

ひゅるんとゆれた。

「ぎ、ぎゃ、ぎゃ……ぎゃあああああっ！」

ぼくはさけんだ。（こんなところいやだ。帰る。）

ガラス戸に手をかけた。

「おやおや。来たと思ったら、もう帰るのかい？」

後ろから、しわがれた声がした。

おそるおそるふり向《む》くと、おじいさんが肩《かた》に手を当てて、ぐるぐるとうでをまわしている。

「同じかっこうでねむっとったから、からだがいたむのう。」

人形だと思っていたのに、しゃべった。

足はがくがくふるえてしまって、一歩も動《うご》けない。声も出せない。

「大樹《だいき》よ。そんなにこわがるでない。わしは、ここ、のろいやの店主《てんしゅ》モッチーだ。よろしくな。」

おじいさんは、やさしく話しかけた。

（なんで、ぼくの名前を知ってるんだ？　ん、たしか優菜《ゆうな》も、モッチーって言ってたような……。）

優菜が言っていたことを思い出し、少し落《お》ち着《つ》いた。

「このお方の正式《せいしき》なお名前は、安倍河持《あべのかわもち》。偉大《いだい》なる陰陽師《おんみょうじ》さまだ。」

今度《こんど》は、キツネがしゃべった。

「えええっ！　キッ、キヅネ！　キヅネもしゃべるのお？」

思わず大声を出していた。

「ふぉっほっほっほ。こちらは、助手《じょしゅ》のジョッシュ。なかなか優秀《ゆうしゅう》なんじゃ。」

ジョッシュは、得意《とくい》そうにピンッと胸《むね》を張《は》っている。ちょっとかわいい。

それによく見ると、モッチーもやさしそうだ。

「あのお。さっき、『おんみょうじさま』って言ってだげど。『おんみょうじ』ってなんですか？」

「むむ、なんだと。そんなことも知らないのか。」

ジョッシュがイラついた声で言った。もともと細い目がもっと細くなった。

「陰陽師さまとはな、星の動《うご》きを読んで未来《みらい》をうらなったり、悪霊《あくりょう》を追《お》いはらったり、人をのろったりできる、すごーい人なんだぞ。」

「へえー、そうなんだあ。」

「そんじゃあ、まあ、大樹《だいき》よ。そこへすわりなさい。」

モッチーが机《つくえ》の前を指《ゆび》さした。ぼくは土間でくつをぬぐと、言われたとおり、モッチーとジョッシュの前にすわった。

「ここは『のろいや』じゃ。大樹の住《す》んでいる世界《せかい》で雨がふったときだけ、店を開《あ》けているんじゃよ。」

「なんで、雨がふったときだけなの？」

「ここは、大樹の住んでいる世界とは別《べつ》の世界なんじゃ。二つの世界はとなり合ってはいるが、いつでも行き来できるわけではない。こちらの世界への入口は雨がふって、店の前に川ができて、さらに本当に助《たす》けを必要《ひつよう》としている人だけに、開《ひら》かれるんじゃ。」

「うーん。」

ぼくは首をかしげた。なんとなく、分かったような、分からないような。

「ま、そんなことはあまり重要《じゅうよう》ではない。おまえさんがここに来られたということが、重要なんじゃ。それで、どうする。おまえさんは、同じクラスの早川《はやかわ》をこらしめてやりたい。そう思って、自《みずか》ら、この『のろいや』に来たんじゃろう。」

（えっ！　モッチーはなんでそのことを知ってるんだろう。）

「う、うん。そうなんだけど、優菜《ゆうな》に連《つ》れでこられたっていうがあ……。」

するとモッチーは、ぼくの言葉《ことば》をさえぎった。

「分かっておる。じゃが、この店の戸は、自分の意志《いし》を持《も》って開《あ》けないと、決《けっ》して開きはせん。おまえさんは、ちゃんと自分の意志で、ここにやってきたんじゃ。」

ぼくは思いをめぐらせた。たしかに、優菜に背中《せなか》を〝ドン〟とおされてきたけれど、最後《さいご》に戸を開ける決心《けっしん》をしたのはぼくだ。

「それで、どうする？　早川をのろいたいのか？」

「でも、のろうって、どんなごどをするの？　死《し》んじゃうどが、病気《びょうき》になるどがじゃないですよねえ？」

おそるおそる聞くと、モッチーは、さもおかしそうに笑《わら》った。

「ふほっ、ほほ。そんなことに、なりはせん。のろいたいと思った人が、いやな目に合わされた分だけ、相手《あいて》をのろうことができるんじゃ。頭をげんこつでなぐられたなら、のろいをかけられた相手はげんこつをあびることになる。わしのかけるのろいは、そのくらいのもんじゃ。心配《しんぱい》は無用《むよう》。ただし……。」

モッチーはふいに声を落《お》とすと、ぼくに顔を近づけた。

ろうそくの明かりが、顔にちらちらとかげをつくる。

「古来《こらい》より、『人をのろわば穴《あな》ふたつ』、という言葉があってな。」

「ひ、ひどをのろわばあなふだづ？」

なんだか、こわい。

「ああ。もしもだれかをのろいころしたら、自分にものろいがふりかかって、自分も死《し》んでしまう。結局《けっきょく》は、お墓《はか》の穴《あな》がふたつ必要《ひつよう》になる。つまり、『だれかをのろったら、自分にもそののろいが返《かえ》ってくる』という意味《いみ》じゃ。『のろい返《がえ》し』ともいうがな。」

「ええっ！　そんなのいやだなあ。」

ぼくは大きな声を上げた。

モッチーは顔に笑《え》みをうかべながら、ゆったりと首を横《よこ》にふった。

「いやいや、だいじょうぶじゃ。わしの力で、返ってくるのろいを最小限《さいしょうげん》におさえられる。そんなにたいしたことにはならん。」

「そうなんだあ……。」

「どうする、大樹《だいき》。早川《はやかわ》をのろいたいのか？」

モッチーは、ぼくの目をじいっと見つめた。

ジョッシュは横で、くるんとまるくなっている。でも、目はぱっちりと開《ひら》いていて、じっとぼくを観察《かんさつ》している。

早川の顔を思いうかべた。

なまっているってだけで、何もあんなにバカにしなくたっていいじゃないか。ぼくがしゃべれなくなったのも、友だちがいないのも、かたつむりのまま毎日をすごしているのも、全部《ぜんぶ》早川のせいだ。

何より、ぼくの大切な石のことをバカにした。

(やっぱり、ゆるせない。)

心からそう思った。

「はい、のろいたいです。」

力強く言った。

するとモッチーは、「クウー、グウウー」とへんな音をだしたあと、頭を「こっくり、こっくり」させて、居《い》ねむりをはじめた。頭が前にゆれるたびに、へんてこなぼうしが、ぼくにぶつかりそうになる。

「あっ、ああ！　モッチーさま。」

ジョッシュが、モッチーの鼻《はな》をしっぽでこちょこちょとくすぐった。

「ふんがあっ、んん。お、おう。よしよし、いいじゃろう。大樹《だいき》の心からの願《ねが》い、とくと受《う》け止めた。早川《はやかわ》をのろうとしよう。」

モッチーは一度《いちど》せきばらいをすると、まじめな表情《ひょうじょう》で言った。

「まずは、のろう相手《あいて》のことを知らねばならない。大樹は早川の名前を知っとるか？」

「知りません。」

ぼくは首をふった。

「ふむ。そうか。じゃ、たんじょう日は？」

もう一度大きく首をふった。きらいなヤツのたんじょう日なんて、知るわけがないし、知りたくもない。

「よし。ではジョッシュ。たのんだぞ。」

するとジョッシュは「待《ま》ってました」とばかりに、両手《りょうて》を前に大きくのばして、しっぽをピンッと立てて、ぐぐっとのびをした。

そして机《つくえ》からぴょんっと土間におりると、ガラス戸に向《む》かっていきおいよくジャンプした。ぶつかると思ったそのとき、ジョッシュはガラスの中にすいこまれるように消《き》えてしまった。

それから一分もたたないうちに、ガラス戸の真《ま》ん中からジョッシュが飛《と》びこんできた。

「ただいまあっと。」

ジョッシュはたたみに飛びのると、背《せ》すじをのばしてすわった。

「ごくろうさん。」

モッチーはほほえみながら、ジョッシュの頭をなでた。ジョッシュはうれしそうに目をつぶっている。

「ジョッシュはの、のろうために必要《ひつよう》な情報《じょうほう》を集《あつ》めてきてくれるんじゃ。今は早川の名前とたんじょう日を、調《しら》べてくれたんじゃ。」

「えっ、こんなに早ぐ？」

ぼくはびっくりした。

「とうぜんだ。おれは優秀《ゆうしゅう》な助手《じょしゅ》だからな。風のように走れるし、頭もいい。おまけにかっこいい。」

ジョッシュは得意《とくい》げに言うと、しっぽをぺたん、ぺたんとたたみに打《う》ちつけた。

モッチーはおくにある階段《かいだん》の形をしたたんすの引き出しから、人の形をした木の板《いた》と白い紙、筆《ふで》とすずりとすみを取《と》り出した。

「これは、『ヒトカタ』といって、だれかをのろうための道具《どうぐ》じゃ。」

ぼくは、ヒトカタをまじまじと見た。

いかにものろいっぽい。ぼくはごくんと、つばを飲《の》みこんだ。

モッチーはすずりに水を少し入れてから、すみをごりごりとけずりはじめた。そして、筆をすみにそっとつけた。

「まずここに、早川《はやかわ》の名前を書く。」

モッチーは、ジョッシュに早川の名前を聞くと板に、「早川俊也《としや》」と書きこんだ。

「それで、早川のたんじょう日はいつだったかのう。」

「七月五日《いつか》です。」

ジョッシュが答える。

「げええっ。」

思わずへんな声を出してしまった。

「どうしたんじゃ、大樹《だいき》。」

「う、うーんと、ぼくのたんじょう日ど逆《ぎゃく》なんです。ぼくは五月七日《なのか》がたんじょう日だから。」

「ほほお。それは、それは。」

最悪《さいあく》な気分だ。

モッチーの口元が、ちょっと笑《わら》っている。

「きらいな人間と自分とは、似《に》ているところがあるものじゃのう。」

ひとり言のようにつぶやくと、モッチーはヒトカタに「七月五日《いつか》」と書きこんだ。

書き終《お》わると、モッチーは筆《ふで》を置《お》いた。それから、顔の高さにヒトカタを持《も》って目をつぶると、何やらぶつぶつと呪文《じゅもん》のようなものを唱《とな》えはじめた。

何を言っているのか、さっぱり分からない。

モッチーは呪文を唱えながらときどき、「こっくり、こっくり」と、居《い》ねむりしそうになる。そのたびにジョッシュがすかさず、モッチーの鼻《はな》をくすぐった。

（うーん。モッチーって、本当にすごい陰陽師《おんみょうじ》なのかなあ……。）

ぼくは不安《ふあん》になってきた。

やがてモッチーは、長い呪文を唱えてから最後《さいご》に、

「キュウキュウニョリツリョウ！」

と、力強く言い放《はな》った。

さっきまでの、居ねむりしそうなときとは、別《べつ》の人のような迫力《はくりょく》だ。

モッチーは、ぼくを見てほほえんだ。

「ほいさ。のろったぞい。」

「最後の、『きゅうきゅう、なんとか』って
なんですか？」

「急急如律令《きゅうきゅうにょりつりょう》。『今すぐのろいをかけろ』という意味《いみ》だ。」

ジョッシュが、ぐいっと胸《むね》を張《は》った。

それからモッチーは、今度《こんど》は白い紙でできたヒトカタを手に取《と》るとそこにぼくのことを書きこんだ。

「水沢大樹《みずさわだいき》　五月七日《なのか》」

モッチーはその紙のヒトカタを持つと、さっきと同じように呪文を唱えた。唱え終わると、ぼくにそのヒトカタをわたした。

「このヒトカタを大切に身《み》につけておくんじゃよ。おまえさんに返《かえ》ってくるのろいを、最小限《さいしょうげん》におさえてくれるじゃろう。」

ぼくは、ヒトカタを受《う》け取《と》ると、しっかりとポケットに入れた。

「ほんじゃあ、またな大樹《だいき》。ふわあああっと。」

「ありがとうございました！」

ぺこりと頭を下げた。

もうほとんどねむりそうなモッチーと、しっぽをゆらゆらとふるジョッシュに見送《みおく》られて店の外に出た。

とつぜん夜から昼間になって、大つぶの雨がからだを打《う》ちつけた。ぼくはあわてて、かべに立てかけておいたかさを開《ひら》いた。

そこには、優菜《ゆうな》が笑顔《えがお》で待《ま》っていた。

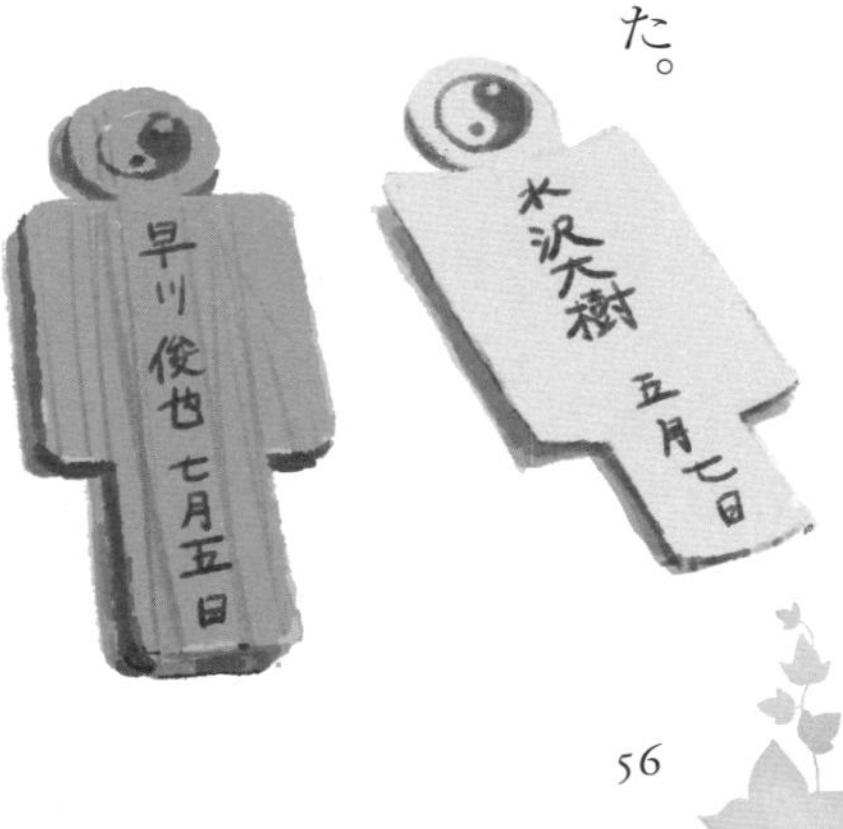

4 のろいが効《き》いた⁉

毎朝、学校へ向《む》かう道のりは心がしずんで重《おも》い。

学校で早川《はやかわ》たちにいじめられるのもいやだし、友だちがいないのもさみしかった。

でも今日は、ちょっと楽しみのような、こわいような、いつもとちがう気持《きも》ちだ。

昨日《きのう》、のろいやでモッチーがかけたのろいは、どうなっているんだろう。

教室に着《つ》くと、おかしな空気につつまれていた。女子が何人か集《あつ》まって、こそこそと話していたり、男子同士《どうし》がひじでつつき合ったりしている。みんなぎこちないし、気持ち悪《わる》いくらい静《しず》かだ。

みんなの視線《しせん》は全部《ぜんぶ》、早川に集まっていた。

早川は机《つくえ》につっぷしている。いつもなら一番うるさいくらいなのに、こんな早川は見たことがない。二人の子分は、早川のまわりでおろおろしている。

「おい、早川《はやかわ》、どうしたんだよ。」

「落《お》ち着《つ》いて話せばだいじょうぶだよ、な？」

すると早川は、がばっと顔を上げて言った。

「もう、なんだっぺよー、あれっ、おれのごじゃっぺ！　ああああっ。」

あわてて口を両手《りょうて》でおさえて、頭をのけぞらした。

（えぇっ！）

ものすごくびっくりした。

なんと早川は、ぼくと同じ方言で話していたのだ。

しかも、ぼくみたいにちょっとなまっているのではなくて、じいちゃんたちがしゃべるような、ものすごく強い方言だった。

「早川、朝からずーっとああなんだよ。わけ分からないこと言ってるの。」

優菜《ゆうな》がそばにきて、教えてくれた。

「さっきのは、『もう、なんだよ、あれっ、おれのバカ』って言ってたよ。」

ぼくがこっそり教えると、優菜は大きな目を、いっそう大きく見開《みひら》いた。

「えー！　大樹《だいき》、なんで分かるの？」

「だって、前に住《す》んでいたところの方言なんだもん。」

「うっそお。」

それから優菜は、「あっ。」と小さくさけんだ。

「これだよ！　大樹。」

「これって？」

「分からない？」

優菜は、小声で言った。

「のろいが効《き》いてるんだよ。」

「えっ、そうなのかな？」

「きっとそうだよ。大樹のしゃべり方をバカにしてた早川が、急《きゅう》になまっちゃったんだよ。これはもう、のろいしかないよ。」

ぼくの口は、ぽかーんと開《あ》いたままだ。

（モッチーののろいが、本当に効《き》いたなんて……。）

「あっ、てことは、のろい返《がえ》しも本当なのかも。」

ぼくはズボンのポケットから、モッチーにもらった紙のヒトカタを出してみた。

すると、昨日《きのう》もらったときは真《ま》っ白だったヒトカタが、いつの間にか人かげのように真っ黒になっていたのだ。

ぞくっとした。

「モッチーが、これがあれば返《かえ》ってくるのろいを、最小限《さいしょうげん》におさえられるって言ってたんだ。」

「だとしたら、きっとヒトカタが大樹《だいき》の身代《みが》わりになってくれたんだね。」

ぼくはなんだかこわくなって、ヒトカタを折《お》りたたむとポケットにねじこんだ。

返ってくるのろいを最小限におさえるってことは、少しは悪《わる》いことが起《お》こるのかもしれない。

それからは、どきどきしながら一日をすごした。でも、何も起こらなかった。

早川《はやかわ》はそのあと一日中、ほとんどしゃべらなかった。

いつになく平和《へいわ》な一日が、ゆったりとすぎていった。

ぼくは、返ってきたのろいを、ヒトカタがまるごと受《う》け止めてくれたのかもしれない、と安心《あんしん》しはじめていた。

今日も一人の帰り道。

「ヤッホー、大樹。」

後ろから声がした。ふり返ると優菜《ゆうな》が立っていた。

「あっ、優菜。どうしたの？」

「大樹、いっしょに帰ろ。」

「うん。」

ぼくと優菜《ゆうな》は、ならんで歩いた。少しして、ぼくは口を開《ひら》いた。

「ね、のろいやののろいって、本当だったんだね。」

「うんっ、わたしもびっくりした。」

優菜も、せきこむように言った。

「えっ、優菜はのろってもらったこと、ないの？」

「……うん。」

「ええっ。のろってもらったことがあるから、ぼくにすすめるんだと思っていたのに。

それじゃ、ぼくが実験台《じっけんだい》みたいじゃないか。」

ちょっとムッとした。

「そうだよね……ごめん。」

そのままじっとだまってしまった。

しばらくすると、優菜はぽつりと言った。

「のろいたい人は、いるんだよね。」

「だれを？」と聞きたかったけれど、やめた。

「そうなんだ……。」

顔を上げると、近くの家の生け垣《がき》から、柿《かき》の木のえだが外に飛《と》び出ていた。えだのところどころに、まだ黄緑色《きみどりいろ》をした柿の実《み》がなっている。

引っこす前のぼくの家の庭《にわ》にも、大きな柿の木があった。

「ぼく、柿が大好《だいす》きなんだ。」

優菜の顔がふっとほころんだ。

「ふふっ。なんで急《きゅう》に、柿なの？」

「柿が見えたから。」

ぼくは柿の木を指《ゆび》さした。

そのとき、優菜が「あっ！」とさけんでこっちを見た。

「そっか、なんかへんだと思ってたんだ。」

「えっ、何が。」

「朝からずーっと引っかかってたんだけど、今分かった。」

「だから、何が？」

「大樹《だいき》、今日、ぜんぜん、なまってない！」

「えっ。そんなはずないよ。ぜんぜんなまってないなんて……あれっ！」

自分の口から出た言葉《ことば》が信《しん》じられなかった。何も考えずに、すらすらと標準語《ひょうじゅんご》を話している。

「すごいね。練習《れんしゅう》したの？」

「ううん、ぜんぜん。とつぜんだよ。考えないで話せたことなんてなかったのに。」

「あっ、そっか、これだったんだ！」

「えっ？」

優菜《ゆうな》は、目を大きくさせた。

「きっと、これがのろい返《がえ》しなんだよ！　早川《はやかわ》には方言しかしゃべれないようにして、大樹には、標準語しかしゃべれないようにしたんだよ。なんだ、大樹。ラッキーじゃん。

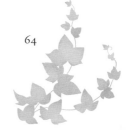

これで早川たちにバカにされる心配《しんぱい》はないね。」

優菜は、自分のことのようによろこんでいる。

「うん……そうだよね。」

ぼくはむりやり笑顔《えがお》を作った。

（ラッキー？　本当にそうなのかな。）

心の中にぽつんと落《お》ちてきた「ラッキー」という言葉が、ざわざわとさざ波《なみ》のように広がった。

交差点《こうさてん》で優菜と別《わか》れてから、ぼくはのろのろと歩いた。

大切な友だちのことを思いうかべながら、ポケットの石をなでる。

なめらかな石を手の中で転《ころ》がしながら、ぼくの胸《むね》はざらざらしていた。

5 かたつむりになったあいつ

「大樹《だいき》、ドッジボールしようぜ。」

「うんっ。今行くー。」

早川《はやかわ》にのろいがかかってからというもの、ぼくは今までしゃべれなかった分、たくさん話をした。たぶん、みんながびっくりしちゃうくらいに。

話しはじめたら、すぐにクラスの子たちと仲良《なかよ》くなった。

早川は、あれからほとんどしゃべらなくなった。早川に毎日くっついていた二人の子分も、近よらなくなった。

「あいつ、マジでつまんねー。」

早川を大きな声で、バカにしているのも聞こえてくる。

早川はぽつんと一人でいることが多くなった。ちょっと前の、ぼくみたいだ。

(ぼくにひどいことをしたからだ。)

そう思っても、やっぱりちょっとかわいそうだった。

ときどき早川は、はなれた席《せき》からぼくをじっとにらむように見てくる。

以前《いぜん》みたいにいやがらせはされないけれど、早川を見るだけでお腹《なか》がきゅっといたくなる。だから、なるべく見ないようにした。

ある日の休み時間、早川がぼくのところにやってきた。

ぼくは思わず、からだをこわばらせた。

優菜《ゆうな》も心配《しんぱい》そうな顔で、少しはなれたところからこっちを見ている。

「おい、水沢《みずさわ》。おめ、おれになーんがしだのがあ?」

相変《あいか》わらず、すごいなまりだ。ちょっと、なつかしいような気持《きも》ちになった。

「な、何もしてないよ。」

早口で言った。

「なーんもしでねわげねだろ? いぎなりおめが、ふづうのしゃべり方で、おれがなまっちまったんだぞ。どう考えでもおがしいっぺよ。」

どうしたらいいのか分からずにこまっていると、優菜《ゆうな》があいだに入ってきた。

「悪《わる》いのは早川《はやかわ》でしょう。大樹《だいき》はね、あんたのせいでなまってることを気にして、ちゃんと話せなくなったの。だからバチが当たったんだよ。」

そう言われてだまりこんだ早川の目に、じわりとなみだがこみ上げている。

手で目をこすると、くるりと後ろを向《む》いて行ってしまった。

「ふん、ざまあみろ、だ。」

優菜は後ろすがたに向かって、そう言い放《はな》った。

「早川、泣《な》いてたね。」

「当然《とうぜん》だよ。大樹にひどいことをしたんだもん。」

「うん……。そう、だよね。」

早川は自分の席《せき》で、机《つくえ》につっぷして肩《かた》をふるわせている。

ぼくは、早川から目をそらすことができなかった。

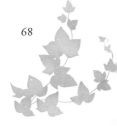

十月に入り、最初《さいしょ》に雨がふった日。

その日、優菜《ゆうな》といっしょに学校から帰った。雨は霧雨《きりさめ》になっていた。

ぼくは歩きながらいつものくせで、ポケットに手をつっこんで石をなでた。

優菜がぼくのポケットを、ちらっと見た。

「そのポケットの中、石が入ってるんだよね。」

ちょっとまよったけれど、ポケットから石を出して優菜に見せた。

「わあ、きれい。こんなに平《たい》らな石があるんだね。」

「ね、すごいでしょ？」

ぼくは、得意《とくい》げに言った。

「これ、友だちの名前なの？」

「うん、そう。前の学校の友だちが書いてくれたんだ。」

「ふーん。大樹《だいき》は前の学校の友だちが、大好《だいす》きなんだね。」

「うん。」

ぼくはこくんとうなずいた。

と同時に、(前の学校の友だちも大切だけど、優菜もすごくいい友だちだ。)という思いが、とつぜんこみ上げた。はずかしくて口には出せないけれど。

「わたしのお父さんとお母さんってさ。」

少しして、優菜がふいに明るい声で話しはじめた。

「わたしが一年生のときに、りこんしたんだ。」

急《きゅう》に言い出すから、びっくりして優菜を見つめた。

「それで、今はお父さんと新しいお母さんと、お母さんが連《つ》れてきた弟といっしょに住《す》んでるの。」

「そうなんだ。」

なんて言ったらいいのか、分からない。

「わたし、新しいお母さんのこと、きらいなんだ。」

「えっ。」

思わず足を止めた。

「どうして。」

優菜《ゆうな》の後ろすがたに向《む》かって話しかけた。

優菜は、ぼくより少し先に進《すす》んでから止まった。

「だって、お母さんもわたしのこと、きらいだから。」

優菜の言葉《ことば》が冷《つめ》たくひびく。ドキッとした。

「お母さんが、そう言ったの？」

「言われなくても分かるよ。毎日いっしょにいるんだもん。わたしにぜんぜん、話しかけてくれないの。家に帰っても、わたしのいる場所《ばしょ》なんてないの。」

優菜の声がどんどん、小さくなっていく。それから急《きゅう》にふり返《かえ》った。

「だからね、わたし、これからのろいやへ行って、お母さんをのろってもらうんだ。もう、決《き》めたの。」

そう言って優菜は笑《わら》った。笑っているのに、なんだかさみしそうだった。

「て、ことだから。じゃ、また明日ね、大樹《だいき》。」

優菜は大きく手をふると、霧雨《きりさめ》の中を走っていってしまった。


「昨日《きのう》、のろいやに行ったの？」

次《つぎ》の朝、教室でこっそりとたずねると優菜は小さく首を横《よこ》にふった。

「行ったよ。でも、のろいはかけてもらえなかった。」

「どうして？」

「本当に心から相手《あいて》をのろいたいと思っていないと、のろえないんだって。まよいがあるとダメなんだって。モッチーにそう言われた。」

「そうなんだ。」

「あーあ。毎回行くたびにそう言われちゃうんだよね。『本当にのろいたい』って、思ってるはずなのに。わたし、まよってるんだって。なんでかなあ。」

優菜《ゆうな》は大きくため息《いき》をついた。

ちらっと早川《はやかわ》を見てみた。あんなに毎日、ぼくのことをバカにしてきた早川が、今では大きな背中《せなか》をまるめて、一人でぽつんとすわっている。

あのときのぼくは、ぜんぜんまよわないで早川をのろいたいって思った。

だからのろいがかけられたんだ。自分で決《き》めたことなのに、今は早川を見るたびになんか胸《むね》がつまる。どうしてだろう。

ぼくも、「はああっ」と深《ふか》いため息をもらした。

その夜、ひさしぶりにばあちゃんに電話をかけた。ばあちゃんの声が、すごく聞きたかった。こっちに引っこす前は、ばあちゃんの家が近くだったので、毎日のように会っていた。

でも引っこしてからは、まだ一度《いちど》も会っていない。

「もしもし、ばあちゃん？」

「おおう、大樹《だいき》。元気だっぺ？」

「うん、元気だよ。友だちもできた。」

「そうが、そうが。そんなら、心配《しんぱい》いらんめな。」

ばあちゃんは、電話の向《む》こうで「カッカッカッ」とうれしそうに笑《わら》った。

ぼくは、ばあちゃんが口を大きく開《あ》けて笑うのが大好《だいす》きだ。

(今もそうしているんだろうな。)

心がぽっと、あたたかくなった。

「ばあちゃんな、大樹が都会《とかい》さ行って、いじめられでんじゃねえがって思ってよ、しーんぱいしでだんだあ。まいんち、一人ぽっちで、ぽちーんとしでねえがってよ。でも、友だちでぎで、いがっだなあ、大樹。」

「うん……。」

ちょっと前のぼくを思い出していた。

そのときのぼくは、ばあちゃんの心配していたとおりのぼくだった。毎日一人ぼっちで、いじめられて、かたつむりのようだったぼく……。

ふと、頭の中に早川《はやかわ》のすがたがうかんだ。

今の早川は、ちょっと前のぼくと同じ目に合っていて、あのときのぼくと同じ気持《きも》ちなんだ。

「……おーい、大樹《だいき》、どしだんだあ？」

ばあちゃんの声が、電話の向《む》こうから聞こえてきた。

「ううん、なんでもないよ。ちょっとぼんやりしてた。」

「あれえ？　大樹、すーっかり都会《とかい》っ子みだいな話し方になったなあ。」

「そ、そうかな？」

「んだよ。ははっ。ばあちゃん、なーんか、ちいっとさみしいなあ。」

ばあちゃんの声が、少しだけ小さくなった。

6

消《き》えたぼくの石

ぼくは体育《たいいく》の授業《じゅぎょう》のときはいつも、大事《だいじ》な石を机《つくえ》のおくにしまっている。

今日も体育のあと、教室にもどって着《き》がえをすますと、机の中に手を入れた。

（んっ？）

石が手に当たらない。もっとおくへ手を入れてみた。そして、机の中の教科書や道具《どうぐ》箱《ばこ》を全部《ぜんぶ》出してさがしてみた。

（やっぱりない……。）

近くのゆかに転《ころ》がっていないかも見てみた。でも、どこにも石はない。

ぼくの大切な石が、なくなってしまった。

急《きゅう》に熱《ねつ》が出たみたいに、頭がぼーっとなった。

「大樹、どうしたの？」

ぼくの様子《ようす》がおかしいことに気がついて、優菜《ゆうな》がやってきた。

「なくなっちゃったんだ。」

泣《な》きそうになるのを必死《ひっし》でこらえた。

「何が?」

「ぼくの石。」

「え、うそっ。」

「どうしたの?」

「何、何?」

まわりにぞくぞくと、クラスの子たちが集《あつ》まってきた。

「大樹《だいき》の大事《だいじ》な石がなくなっちゃったんだって。」

「えっ、どんな石?」

「おれたちも、いっしょにさがすよ。」

優菜が、ぼくのかわりに説明《せつめい》すると、みんながぼくの石をさがしてくれた。

自分の机《つくえ》の中や、ごみばこやロッカー、そしてろうかや校庭《こうてい》までさがしてくれた。

「こっちにはなかったよー。」

「わたし、ほかのクラスの子にも聞いてみるね。」

みんな、ぼくのためにいっしょうけんめい、石をさがしてくれている。ぼくは胸《むね》が熱《あつ》くなった。

でも、石は見つからなかった。

帰りの会のとき、はなれた席《せき》にいる早川《はやかわ》がじっとぼくを見ているのに気がついた。何か言いたいような表情《ひょうじょう》をしている。でも、目が合うとあわてて顔をふせた。

帰りの会が終《お》わると、早川はさっさと教室を出て行ってしまった。

「はあぁ。ぼくの石、どこいったんだろう。」

優菜と、最近仲良《さいきんなかよ》くなった宏人《ひろと》といっしょの帰り道、ぼくはがっくりとうなだれた。

「また明日、さがしてみよう。きっと見つかるよ。」

優菜は元気づけてくれた。優菜はだれよりも、あの石の大切さを知っている。

「もしかしてさあ。」

宏人《ひろと》がとつぜん、大きな声を出した。ぼくも優菜《ゆうな》も、宏人を見た。

「その石、早川《はやかわ》がぬすんだんじゃね？」

「えっ。」

「だって早川のヤツ、絶対《ぜったい》に大樹《だいき》のこと、うらんでるじゃん。」

ドキッとした。

「うらんでる」という言葉《ことば》が、頭からはなれない。

「だってさ、すごい不思議《ふしぎ》なんだけど、大樹のなまりがうつっちゃったわけだろ？」

「うーん、そうだけど。」

もごもごと答えた。

「絶対そうだよ。『さかうらみ』ってヤツだよ。」

宏人は自信《じしん》まんまんだ。

「うん、ほんとそうかも。わたしもそんな気がしてきた。」

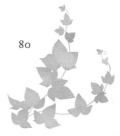

優菜も納得《なっとく》した顔で、何度《なんど》もうなずいている。

「明日、早川にビシッと聞いてみようよ。」

「おう、そうしようぜ。」

優菜と宏人は、となりで勝手《かって》にもりあがっている。

ぼくは帰りの会のときに見た、早川の顔を思い出していた。早川は何か言いたそうだった。

なぜか分からないけれど、早川は石をぬすんでいないと思った。

(明日になったら、早川と話してみよう。)

そう決《き》めた。

その夜は石のことが気になって、ほとんどねむれなかった。何度も寝返《ねがえ》りを打《う》っているうちに、いつの間にか外が明るくなっていた。

次《つぎ》の日、すぐにでも早川に話しかけようと思ったけど、なかなか勇気《ゆうき》が出なかった。

昼休み、ようやく決心して、早川の席《せき》に向《む》かおうとした。

すると同時に、早川《はやかわ》が立ち上がって、森田《もりた》の席《せき》に行ってしまった。元子分の一人だ。

森田はもう一人の元子分の小野《おの》といっしょに、さわいでいる。

「おい、森田。」

早川は森田をするどい目で、にらみつけた。二人はおどろいた顔で、早川を見上げている。

「な、なんだよ。早川。」

すると早川は、いきなり大声で言い放《はな》った。

「おめ、水沢《みずさわ》の石、取《と》ったっぺよ。」

ぼくはびくっとした。

(いったい、何が起《お》こっているんだろう。)

きんちょうして、三人を見つめた。

教室に残《のこ》っていた優菜《ゆうな》も、不安《ふあん》そうにそばにやってきた。

「取ってねえよ。おまえじゃないのか？　水沢のこと、すごいムカついてるんだろ。」

森田もむきになっている。

小野も早川をにらんだまま、「そうだ、そうだ」と、何度《なんど》もうなずいている。

教室内は、ぴりぴりとした空気につつまれた。教室に残っていた子たちはみんな、だまって三人を遠まきに見ている。

「ああ、そうだよ。水沢のごど、とーってもムガづいでるよ。でも、おれはあいづの石は取ってねえ。」

早川は大きな声で言った。なまってることなんて、まるで気にしていないように。

「水沢に返《かえ》しでやれよ。あれは、水沢の大切な石なんだっぺよ。」

「だーかーら、取ってないって。」

そのとき、早川が森田をおしのけると、いきなり森田の机《つくえ》に手をつっこんだ。

「おめ、どーごにかくしでんだ？」

早川は、机の中をガサガサとかきまわしている。

「お、おい、やめろよ。」

森田《もりた》はあせったように早川《はやかわ》の肩《かた》をぐいとつかむと、思いっきり後ろにつき飛《と》ばした。

早川がバランスをくずして「ドドッ」とゆかにたおれこむ。そのとき、

「ガターンッ！」

と大きな音を立てて、森田の机《つくえ》が横《よこ》に転《ころ》がった。教科書や道具箱《どうぐばこ》の中の道具が全部《ぜんぶ》、ゆかにばらまかれた。

ぼくも、教室にいるみんなも、あっけにとられてしまった。

「あっ、大樹《だいき》の石っ！」

優菜《ゆうな》が何かを見つけてさけんだ。見ると、ゆかにばらまかれた教科書や道具の中に、ぼくの石が転がっていた。

「森田が大樹の石を取《と》ったんだ。なんで取ったのよ。」

優菜が、キッと森田をにらんでいる。

「ち、ちげえよ。だれかがおれの机に入れたんだろ。な、なあ。」

森田が助《たす》けをもとめるように、小野《おの》を見た。小野は青ざめた顔をして、何も言わない。

みんなもだまって、森田《もりた》を見つめている。

森田は落《お》ちた石を見たまま、こぶしをにぎりしめた。くやしそうな顔をしている。

「ああ、ああ。そうだよ。おれが取《と》ったよ。水沢《みずさわ》があんまり大事《だいじ》そうにしてるからさ、ちょっとからかっただけだよ。悪《わる》かったな。」

森田は、開《ひら》き直ったようにそう言って、石をひろおうとした。

そのとき、早川《はやかわ》が森田のうでをつっぱねて石をひろうと、ぼくに手わたした。

「水沢。悪がったなあ。」

早川は、ぽつりとそう言うと、静《しず》まり返《かえ》った教室から出て行ってしまった。

やがて少しずつ、おだやかな波《なみ》がゆっくりともどってくるように、教室がざわざわしはじめた。

ぼくは、いつもより重《おも》く感《かん》じる手のひらの石を、じっと見つめた。

7 のろい返《がえ》し

帰りの会が終《お》わると、ぼくは急《いそ》いで教室を出た。昇降口《しょうこうぐち》を出て正門に向《む》かうと、ランドセルを背負《せお》った早川の大きな後ろすがたが見えた。

「おーい、早川ー。」

走りながらよんだ。

早川は、ぼくの声にいっしゅんふり向いたけれど、またすぐに前を向いてスタスタと歩きはじめた。

「待《ま》ってよー。」

早川がようやく止まった。こっちに背中《せなか》を向けたままだ。

早川に追《お》いつくと、ぼくは手に持《も》った石をぎゅっとにぎった。

「あのさ……。さっきは、ありがとう。」

早川《はやかわ》はぼくを見た。真顔《まがお》だけど、にらんではいない。

「べづに、おめのために、やったわげじゃねえ。ただよ、大切な石をぬすむなんでえ、きだねえって思ったただげだあ。」

そっぽを向《む》いて、そのまま続《つづ》ける。

「まあ、おれが言えるごどじゃねえげどな。おれ、おめに、さんざんひでえごどしでぎだがんな。おめど同じ目にあってよ、やあっと分がった。おめのつらさがよ。」

ぼくの目を、じっと見つめた。

「今まで、ひでえごどばーっかしでよ、ほおんどに、ごめんなあ。」

おどろいたことに早川は、頭をぺこりと下げた。

「う、ううん。もういいんだよ。」

頭を下げたまま、ちらっとぼくを見上げた。

「ほんどけえ?」

「うん。ほんとに、もう、いいんだよ。」

ぼくはにこっと笑《わら》った。心からそう思った。

「そっかあ。そんなら、いがったあ。」

早川《はやかわ》も口を大きく開《あ》けて笑った。こんな笑顔《えがお》を見るのは、初《はじ》めてだった。

「それどさ。」

ぼそりと言った。

「方言ってよ、意外《いがい》と悪《わる》ぐねえな。」

それだけ言うと、早川は行ってしまった。

後ろすがたを見送《みおく》りながら、ぼくの心はすうっと楽になっていった。

いつもより、足取《あしど》りのかるい帰り道。あの竹やぶの道のところで、優菜《ゆうな》が待《ま》っていた。

「さっき、早川と話してきた。」

「そっか。」

「早川って、ほんとは悪いヤツじゃなかったんだ。」

「でもさ、前はほんっとにいやなヤツだったでしょ。大樹《だいき》にひどいことしたよ。」

優菜は口をとがらせている。

「うん、そうなんだけどさ。ぼくと同じような目に合って、分かったんだって。」

「ふーん。」

あまり納得《なっとく》していないようだ。

「ぼく、分かったことがある。」

「何？」

「本当ののろい返《がえ》しって、これだったんだなって。」

「どういうこと？」

「だれかをのろった分だけ、なやんじゃうことだったんだ。」

「えっ、そうなの？　大樹、なやんでたの？」

優菜は目を見開《みひら》いた。

「うん、早川をのろってから、ずっとね……。ぽつんと一人でいる早川を見るのも、バカにされてる早川《はやかわ》を見るのもつらかったんだ。それに、そんな早川を見て何もできないぼくもいやだった。のろう前もすごくなやんでいたけど、のろったあともそれと同じくらいなやんでた。」

一気に言ってから、「ふうっ」と息《いき》をはいた。

「そうだったんだ……。」

優菜《ゆうな》はまっすぐ前を向《む》いてつぶやいた。

小さな公園のそばを通ったとき、「あっ、おねえちゃんだー。」と声がして、幼稚園児《ようちえんじ》くらいの男の子が、こっちに向かって転《ころ》げるようにかけだした。

「あっ、陸《りく》!」

「えっ、弟?」

「うん、そう。陸っていうんだ。」

たぶん、新しいお母さんが連《つ》れてきたっていう弟のことだ。陸は、うれしそうに優菜に飛《と》びついた。優菜も顔をほころばせている。陸のことは好《す》きみたいだ。

「陸、一人で公園に来たの？」

「ううん。ママといっしょだよ。ママー。」

陸は、公園に向かって大きく手をふった。

すると、すな場にいた女の人が、あわてて服《ふく》についたすなをはらいながら走ってきた。

優菜が「のろってやりたい」と言っていたお母さんは、とてもやさしそうな人だった。

「優菜ちゃん、おかえりなさい。優菜ちゃんのお友だち？」

お母さんは、ぼくににっこりと笑《わら》いかけた。

優菜はさっきまでの笑顔《えがお》がすっと消《き》えて、冷《つめ》たい声で言った。

「うん、そうだけど。」

「そ、そうなの。こんにちは。」

お母さんは急《きゅう》にさみしそうな顔になって、それきり何も言わなかった。

ぼくも小さく「こんにちは。」と言った。

「りく、おねえちゃんとおうちかえる。」

陸《りく》は、優菜《ゆうな》の手をぎゅっとにぎっている。

「あ、そう？　じゃ、ママ、お買い物《もの》に行こうかな。優菜ちゃん、陸のこと、お願《ねが》いしてもいいかな？」

お母さんはえんりょがちに言った。

「うん。」

優菜はそれだけ言うと、お母さんにくるりと背《せ》を向《む》けて歩き出した。

お母さんはくちびるをかみしめて、優菜と陸の背中《せなか》に手をふっていた。

お母さんのことも気になったけれど、ぼくは急《いそ》いで優菜と陸を追《お》いかけた。優菜は陸の手をぎゅっとにぎったまま、速足《はやあし》でだまって歩いている。陸がかけ足になっている。

「あれがわたしのことをきらいな、お母さんだよ。」

優菜は、まっすぐ前を向いたまま言った。

「そうかな。そういうふうには、見えなかったよ。」

「だって、いっつもあんな感《かん》じだよ。よそよそしいっていうか、家にいても、話しかけてもこないし。どうせわたし、他人《たにん》だもんね。」

「それは……。」

(優菜がおこっているみたいだからだよ。)

という言葉《ことば》を、ぐっと飲《の》みこんだ。

そのとき陸が、とつぜん聞いてきた。

「あ、そうだ。おねえちゃんの三ばんめにすきなたべものはなあに？　一ばんめは、カレーで、二ばんめは、ええと、ハンバーグだよね。」

すると優菜が、やれやれという表情《ひょうじょう》をした。

「またかあ。陸って、質問《しつもん》ばっかりだよね。」

「だって、ママが、きいてきてって、いうんだもん。」

「えっ。」

優菜《ゆうな》がピタリと足を止めた。

「ママが、おねえちゃんのすきなもの、しりたいんだって。」

「……。」

「このまえもハンバーグだったでしょ？　おねえちゃん、すきだもんね。ママね、『ゆうなちゃん、よろこぶかなあ？』って、おりょうりしてたんだよ。」

陸《りく》は、「ふふふっ」とうれしそうに笑《わら》った。

ぼくは優菜の顔をちらっと見た。泣《な》きたいのをがまんしているような顔だった。

しばらくだまっていたあと、ぽつりと言った。

「ナポリタン。」

「えっ、なあに？」

陸が首をかしげる。

「三番目に好《す》きなのは、ナポリタンスパゲッティーだよ。」

優菜は、ずずっと鼻《はな》をすすった。

8 雨のち晴れ

「おい、森田《もりた》。こーの、ごじゃっぺがあ。石のごど、水沢《みずさわ》にちゃあんと、あやまったのけえ？」

早川《はやかわ》と話した、次《つぎ》の日。

早川は、以前《いぜん》のクラスで一番さわがしい男子にもどっていた。

昨日《きのう》、森田と思いっきりケンカしたのがよかったみたいだ。早川のなまりは相変《あいか》わらずだけれど、気にしている様子《ようす》はまったくなかった。

「あ、あやまっただろ。悪《わる》かったなって。な、水沢。ほんと、ごめん。」

森田は、ぼくに向《む》かって両手《りょうて》を合わせた。

「そおんなんじゃ、ちーっとも気持《きも》ちがこもってねえっぺよ。」

「いいんだよ。早川。石も返《かえ》ってきたんだしさ。」

ぼくはそう言って、二人のあいだにわって入った。

「ほら、水沢《みずさわ》もそう言ってるだろ。おれからもあやまるよ。ごめんな、水沢。」

もう一人の元子分、小野《おの》も助《すけ》っ人に入る。

「うん。」

ぼくは笑《わら》ってうなずいた。

「てか水沢、さっき早川《はやかわ》が言ってた『ごじゃっぺ』ってなんだ？　おもしろいな。」

小野が首をかしげる。

「ええと、『バカもん』みたいな感《かん》じかな。」

「そのとおりだっぺよ。ごじゃっぺがあ。」

早川がまるめたノートで、森田《もりた》の頭をスパーンとたたいた。でも本気じゃない。

「チクショーっぺよ。いたいっぺっぺっぺーよ。」

森田がでたらめな方言を言って、大げさに頭をかかえた。どうやらさわがしい三人組も復活《ふっかつ》だ。

森田も小野も、しょっちゅう悪《わる》ふざけはするけれど、根《ね》は悪いヤツらじゃなかったみたいだ。

「なあ、水沢。あの石、見せでもらってもいいけ？」

早川が、ちょっと照《て》れくさそうに言った。

「うん。いいよ。」

ぼくはポケットから石を取《と》り出すと、早川の手のひらにのせた。クラスの子たちも、まわりにわいわいと集《あつ》まって石をのぞきこんだ。

「へえ、これ、前の学校の友だちなのけ？」

「そうだよ。」

ぼくは笑って答えた。早川はじっと石を見つめている。

「なーんが、こういうの、いがっぺなあ。」

「へへへ、いいでしょ?」

すると、早川《はやかわ》がニヤッとして言った。

「んじゃあ、おれの名前も、ここに書ぐべ。」

「なんでだよっ。」

みんながいっせいにツッコミを入れて、クラスじゅうがどっと笑《わら》いにつつまれた。

それからというもの、ちょっとおかしなことになった。

みんなが早川のしゃべる言葉《ことば》の意味《いみ》を知りたがるから、ぼくがそのたびに説明《せつめい》してあげることになったのだ。

「だいじ、だいじ。」

「だいじょうぶ、だいじょうぶ。」

「このはさみ、ぼっこれちった。」

「このはさみ、こわれちゃった。」

「いがっぺ、いがっぺ。」

「いいね、いいね。」

「そんなごど言っても、しゃあんめよ。」

「そんなこと言っても、しょうがないだろ。」

「あいづ、いじやけるな。」

「あいつ、頭にくるな。」

早川が言ったことを、ぼくがかんぱつ入れずに通訳《つうやく》する。

ぼくと早川は、テンポの良《よ》いボケとツッコミをくり出す、息《いき》の合ったお笑いコンビみたいになった。

クラスでは、早川のなまりにつられて、なまってしまう子も次々《つぎつぎ》とでてきた。わざとなまって話したり、方言を使《つか》うのも、ちょっとしたブームになった。

佐野《さの》先生まで、「いがっぺなあ。」とか言っちゃってる。

それと、ぼくと早川が意外《いがい》と気が合うことも分かった。好《す》ききらいも似《に》ている。

ドッジボールが好《す》きなのも、しいたけがきらいなのも、プリンが大好きなのも。

まず耳から全部《ぜんぶ》食べてしまう、食パンの食べ方も同じだった。

モッチーも、「きらいな人間と自分とは、似《に》ているところがあるものじゃのう。」

と、言ってたっけ。

朝から雨がふったある日、学校の帰りにのろいやへ向《む》かった。

あの石の事件《じけん》の日から決《き》めていたことだ。

のろいやに続《つづ》く竹やぶの道に入ると、優菜《ゆうな》がかさをさして立っていた。

「やっぱり来たね。大樹《だいき》。」

「うん。」

ぼくはこくんとうなずいた。ぼくと優菜は、竹やぶのわき道をならんで歩きはじめた。

「昨日《きのう》の夕ごはんさ。」

優菜が、ふいに口を開《ひら》いた。

「ナポリタンスパゲッティーだった。」

ぼくは顔を上げて、優菜を見た。

「お母さんね、陸《りく》にたのんで、わたしの好きなものとかきらいなものをいろいろ調《しら》べてたんだって。だから、陸はいっつも質問《しつもん》ばかりだったんだ。そんなこと、わたしに直接《ちょくせつ》聞けばいいのにさ。『わたしと話したくないのかな』とか、『きらわれてるのかな』とか、いろいろと考えちゃうじゃん。」

優菜の声は、少しふるえていた。

「ぼくさ、この前の石の事件のあと、思ったんだ。のろいなんかかける前に、勇気《ゆうき》を出して、もっと早川《はやかわ》と話しておけばよかったなって。」

優菜の肩《かた》に、ぽんと手をのせた。

「だからさ、優菜も、お母さんとちゃんと話してみなよ。話してみないと分からないことって、きっといっぱいあるよ。」

ぼくは力強く言った。

優菜《ゆうな》はじっと考えこんでいた。それから、すっと笑顔《えがお》になった。

「そうだね。大樹《だいき》も前は、めっちゃおとなしくて、うじうじしたヤツだと思ってたけど、ぜんぜんちがうもんね。」

「ははっ、うじうじってひっどいなあ。」

ぼくと優菜は、にっこりと笑《わら》い合った。

のろいやの前の溝《みぞ》には、さらさらと雨水が流《なが》れている。

優菜にかさをあずけると、おおまたで溝をまたいだ。

「やいろの　のろいや　やいろの　のろいや　やいろの　のろいや　やいやいやーい！」

ぼくは胸《むね》を張《は》って、大きな声で言った。

ガラス戸に手をかけると、戸はするすると開《あ》いた。

「ふがっ。おっ、おおお。大樹。やはり、もどってきよったか。」

声がしてふり返《かえ》ると、モッチーはまくらに頭をのせて、ごろんと横《よこ》になっていた。

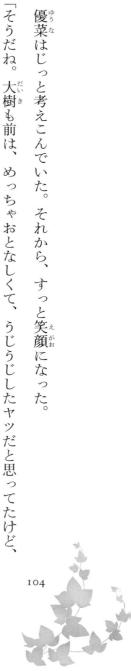

ジョッシュは机《つくえ》の上でまるくなって、「スー、スー」とねむっていた。寝息《ねいき》をたてるたびに、机の上のろうそくがゆれている。

「かわいいなあ。」

ぼくがそうつぶやいたとたん、ジョッシュは、ぬっと首を上げて目を細めた。

「〝かわいい〟とは失礼《しつれい》な。おれをほめるときは〝美《うつく》しい〟、または〝かっこいい〟だろ。」

「そのとおりじゃ。ジョッシュは、かーっこいいよのう。」

モッチーが頭をなでると、ジョッシュは満足《まんぞく》そうにしっぽをふって、くるんとまるくなった。でも目は開《ひら》いたまま、ぼくをじっと見つめている。

モッチーは「どっこいしょ。」と言いながら起《お》き上がった。

「そんで、今日は、どうしたいのかな。」

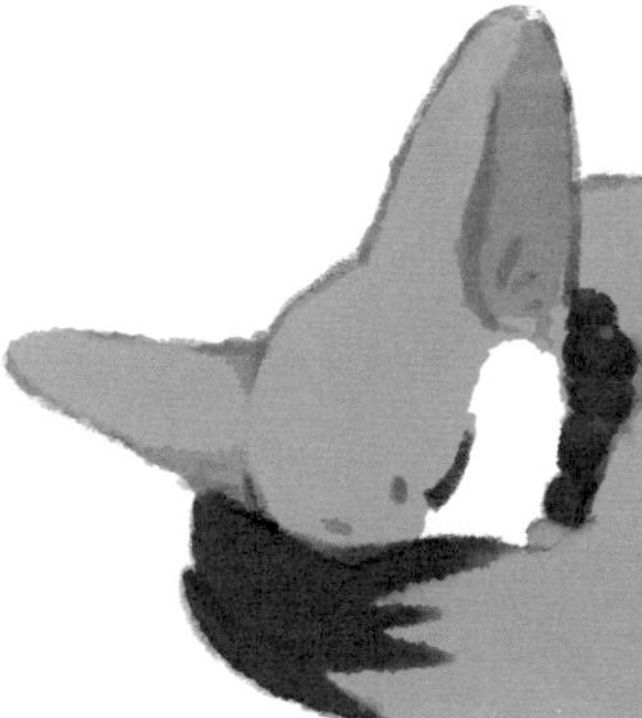

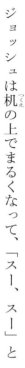

「はい、早川《はやかわ》にかけたのろいを解《と》いてほしいんですけど。のろいを解くことって、できますか。」

「むろん、解くことはできる。じゃがな……。」

モッチーは、ちょっと声を落《お》とした。

「大樹《だいき》は、またな、もとのしゃべり方にもどってしまうのじゃが……。それでもいいのじゃな？」

ぼくは少し考えた。

もとのしゃべり方にもどってしまうということは、また一人ぼっちだったころのしゃべり方にもどってしまうということだ。

でも、絶対《ぜったい》にだいじょうぶ。

ぼくはもう、ちょっと前までのぼくとはちがうんだ。

「はい、のろいを解いてください。」

はっきりと言った。

するとモッチーは、ニマッと笑《わら》った。

「大樹なら、そうすると思うたぞ。では、のろいを解こうかの。」

モッチーは、早川の名前を書いた木のヒトカタを持《も》つと、また何やら、長い呪文《じゅもん》を唱《とな》えはじめた。ずいぶん長く唱えたあと、最後《さいご》に、

「急急如律令《きゅうきゅうにょりつりょう》！」

と、大きな声で言い放《はな》った。

「ほいさ。早川にかけたのろいを解いたぞ。」

「ありがとございますうっ！　あっ。」

モッチーは、ふふっと笑った。

ぼくはまた、もとのしゃべり方にもどっていた。

のろいやの外に出ると、優菜《ゆうな》が笑顔《えがお》で待《ま》っていた。

ぼくも笑って、ピースサインを送《おく》った。

「あっ。」

空が明るくなっている。見上げると、空をあつくおおった灰色《はいいろ》の雲のすき間から、光が何本もすーっとのびていた。

「きれーい。」

優菜《ゆうな》はまぶしそうに、目を細めている。

「なーんが、いいごど、ありそうだなあ。」

ぼくが言うと、優菜は目をぱちくりさせてぼくを見た。

そして、「そうだねっ。」と言って笑《わら》った。

ぼくはふり返《かえ》って、のろいやを見た。

木の看板《かんばん》には、何も文字が書かれていない。ただの板《いた》になっていた。

優菜も看板を見ると、「ああっ。」と声を上げた。

「こーれで、いがっぺよー！」

ぼくは、大空に向《む》かって思いっきりさけんだ。

あとがき

みなさんは、だれかを「のろいたい」と思ったことはありますか？

「仕返《しかえ》しをしたい」とか、「悪《わる》いことが起《お》こればいいのに」なんて思ったことがあるかもしれません。

子どものころも、大人になってからも、どうしてもいやなことや、なやんでしまうことはあります。

そんなときはまず、思い切ってその人と話をしてみてください。おたがいに理解《りかい》をして、「ごめんね」の一言で仲直《なかなお》りができることだってあります。

また、友だちでも、家族《かぞく》でも、先生でもいいので、勇気《ゆうき》を出してだれかに相談《そうだん》してみてください。大樹《だいき》にとっての優菜《ゆうな》やモッチーやジョッシュみたいに、きっとあなたによりそい、助《たす》けてくれるはずです。あなたは絶対《ぜったい》に、ひとりぼっちじゃありません。

この物語《ものがたり》を生み出すきっかけとなった、不思議《ふしぎ》なお店をぐうぜん見つけたのは、昨年《さくねん》、百四歳《さい》で亡《な》くなった祖父《そふ》に会いに行った帰り道でした。

大樹にとってのおばあちゃんがそうであるように、わたしにとって祖父母《そふぼ》たちはかけがえのない存在《そんざい》です。いつも笑顔《えがお》でむかえてくれた祖父母たちとの宝物《たからもの》のような思い出のひとつひとつが、この物語をつむぐための大切な心の糧《かて》になっています。

この本を手に取《と》ってくださったあなたへ。心からありがとう。

たくさんなやみながらも、いっしょうけんめい考えて、乗《の》りこえていく大樹たちの物語は、あなたの物語でもあります。この物語が少しでもあなたへのエールになったら、これほどうれしいことはありません。

最後《さいご》になりますが、すばらしい絵を描《か》いてくださった南《みなみ》波《なみ》タケさんをはじめ、この本の制作《せいさく》にお力添《ぞ》えくださったすべての方々《かたがた》に、感謝《かんしゃ》を申《もう》し上げます。

二〇二四年　霧雨《きりさめ》のふる龍《りゅう》ケ《が》崎《さき》にて

いまた　あきこ

いまたあきこ 作者

茨城県谷和原村（現つくばみらい市）生まれ、龍ケ崎市育ち。米国オレゴン大学卒業（考古学専攻）。日本児童文学者協会会員。日本児童文学学校、創作教室修了。児童文学同人「よつば」所属。WWF会員。日本野鳥の会会員。著書に『きっと、大丈夫』（文研出版）、共著に『5分ごとにひらく恐怖のとびら百物語1　絶叫のとびら』（文溪堂）。執筆業のかたわら雑貨店を運営。田んぼの広がるのどかな町で、家族と、しっぽのついた大きなもふもふたちと暮らす。ときおりカフェでピアノ演奏も。

南波タケ（みなみなみ・たけ） 画家

埼玉県在住のイラストレーター。
書籍や広告、カードゲームなど幅広いイラストを手掛ける。
ハッピーでかわいいものが好き。
HP：https://minatake.com/
X：https://x.com/tooiikara
IG：https://www.instagram.com/minaminami_take/

〈文研ブックランド〉
や・い・ろ・の

2025年1月30日　第1刷発行

作　者　いまたあきこ
画　家　南波タケ

ISBN978-4-580-82644-1
NDC913　A5判　112p　22cm

発行者　佐藤諭史
発行所　文研出版
〒113-0023　東京都文京区向丘2丁目3番10号
〒543-0052　大阪市天王寺区大道4丁目3番25号
代表 (06)6779-1531　児童書お問い合わせ (03)3814-5187
https://www.shinko-keirin.co.jp/

装幀・デザイン……大岡喜直（next door design）
印刷所／製本所　株式会社太洋社